魔兔傳說 SOS ③

利倚恩 著   ❀ 地底幻影迷城 ❀   岑卓華 繪

利倚恩的話

無論做功課、測驗或考試,都會遇到選擇題,你喜歡做選擇題嗎?

填充題可以推敲前文後理,問答題可以自由發揮,我覺得最頭痛的是選擇題,當中一定有似是而非的選項,令人遲遲下不了決定。

生活中也是處處充滿選擇題,款式多多的餐牌,琳瑯滿目的零食,各式各樣的課外活動……應該怎樣選擇呢?

在這個故事裏,天欣每次面對選擇,都會猶疑不決,做出選擇後,又擔心會不會選錯。

怎樣才能做出最好的選擇?什麼才是最好的選擇呢?看似很複雜的問題,答案其實很簡單。

如果你也有選擇的煩惱,來跟天欣走一趟冒險旅程吧,你會看到天欣的改變,還附送做選擇題的小貼士喔(笑)。

「轟隆隆……隆隆……轟轟……」

出事了!月落之國的地底有怪獸,魔法兔要深入地底追查真相。魔法之門就在你面前,你會不會把門打開?

人類世界流傳着一個都市傳說——
在成年之前，每人都有一次機會，
來到名叫「月落之國」的奇幻國度。
在那裏，有一間「魔兔便利店」，
人類可以在店裏找到解決煩惱的方法。

「叮咚！」店門打開了。
「歡迎光臨！」
誰是今天的幸運顧客？

魔兔便利店成員

不動大師【伊索魔法兔】

店長　年齡不詳，安哥拉兔

魔法能力：高級
可以隨意召喚《伊索寓言》的角色。有智慧，懶惰，不消耗無謂的體力。

芝絲露【食物魔法兔】

廚師　12歲，道奇兔

魔法能力：初級
可以用食物製作魔法藥，動物和人類服用後，會獲得相關能力。好奇心重，愛幻想，時常出現腦內小劇場，最愛吃芝士。

芭妮【氣象魔法兔】

店員　13歲，垂耳兔

魔法能力：中級
可以控制自然現象，隨時呼風喚雨。外表嬌小柔弱，其實身手敏捷，行動力強；不喜歡魔法，如非必要不會使用。

白公子【植物魔法兔】

店員　13歲，海棠兔

魔法能力：中級
可以控制植物的活動和形態。風度翩翩，有王子氣質但自戀；自稱大偵探，但推理能力值是「零」。

目錄

第①章
地下室鬧鬼事件

學校有鬼魂，校慶的話劇表演將要取消！

升上小學四年級後，美珊和佩芝遊説天欣加入學校的話劇團。三位好友從此迷上話劇，美珊加入布景道具組，天欣和佩芝都是演員。

學校禮堂的舞台中央有一座升降台，使話劇表演更加靈活。地下室除了舞台機關，還用來擺放表演道具。

昨天放學後，話劇團沒有排練，團長和布景道具組成員在舞台邊開會，商量放置布景板的位置。

到了四時正，舞台下面傳出**哀怨淒厲的女子哭聲**，還伴隨着陣陣詭異的涼風。一股寒意滲透全身，團員們嚇得臉色發

青，迅速逃離禮堂。

今天小息，無論在課室或操場，話劇團的團員一碰面，便談起「地下室鬧鬼事件」👻。

天欣和佩芝坐在藝術廊的長椅上，聽美珊講述當時的情況，她形容得繪聲繪影，天欣搗住耳朵說：「你不要再說了，好可怕啊！」

「世上沒有鬼魂，所謂靈異現象都可以

用科學解釋。」佩芝說。

「那種哭聲**不是人類的聲音**，寒氣由腳底衝上頭頂，全身都在發抖，我從沒遇到這種事。」美珊說。

「禮堂太舊了，肯定是建築結構的問題，就像樓上的波子聲，其實是水管震動的聲音。」佩芝理性分析。

你不在現場，憑什麼否定有鬼魂？

這是基本常識，不用親身體驗也知道。

你太武斷了。

你太迷信了。

「你們不要再吵啦！」天欣夾在兩人中間，被吵架聲轟炸得耳朵發麻。

就在這時，話劇團團長拿着一包麻糬走

過來，說：「程老師送給團員的，一人一顆。」

「我要芝麻味。」美珊和佩芝同時伸出手，想要唯一的芝麻味麻糬。

「你一向喜歡花生味，故意搶我的。」美珊不悅地說。

「口味會變，我現在想吃芝麻味。」

「你們很麻煩。」團長塞給她們每人一顆芋頭味後，再把麻糬遞給天欣：「你要什麼口味？」

「我要……」整包麻糬有四款口味：芝麻、花生、紅豆和芋頭。全部看起來都很美味，選哪一款好呢？

天欣想來想去，遲遲下不了決定，團長不耐煩了，塞給她一顆紅豆味：「我最喜歡吃這個。」

「好啊！謝謝！」天欣欣然接受，問團長：「你昨天有沒有聽到哭聲？」

「聽到呀！我們離開學校後，有工友和老師去禮堂，**但聽不到哭聲**。他們再去地下室檢查，也沒有任何發現。程老師說我們聽太多鬼故事，疑神疑鬼。」

團長蹲下來，做手勢叫三人靠過去，壓低聲線說：「我們打算今天放學後去禮堂和地下室探險，你們來不來？」

美珊和佩芝連連點頭，天欣看到兩人的反應後，也跟着點頭。

♪　★　☽　★　☽　★　☽　★　☽

放學後，高年級的團員在禮堂外面集合，有人戴着十字架項鏈，有人拿着一串蒜頭。

「梓浩在哪裏？他最喜歡看恐怖片。」天欣問。

「他感冒了，昨天開始請假。」美珊說，他們都是布景道具組成員。

「難怪學校從昨天開始變得特別安靜。」

佩芝説。

　　禮堂現在沒有人，團員們**躡手躡腳**走到舞台上，緊張得屏住呼吸，不敢發出聲音。

　　四時正。

　　「嗚嗚嗚……哇哇……嗚哇……嗚嗚嗚……哇哇……嗚哇……」

　　舞台下面響起哀怨淒厲的女子哭聲。

　　「**嘩嘩嘩！**」

　　大家一邊放聲尖叫，一邊倉皇地逃出禮堂。他們一直跑到藝術廊，靠着馬賽克壁畫不停喘氣，沒有人膽敢去地下室探險。

　　「**這是鬼魂的警告** ⚠，我們繼續表演的話，可能會發生不幸的事。」

　　「我不敢再去禮堂，取消表演吧！」

　　「下星期就是校慶，我們很努力準備，我不想取消啊！」

　　「會不會有人捉弄我們？」

團員們的意見分成兩派，剛才的經歷太駭人，多數團員傾向取消表演。

　　「隨隨便便取消表演，糟塌大家的心血，真自私！」佩芝説。

　　「堅持表演會令大家有生命危險，你才是自私鬼！」美珊説。

　　「天欣，你説誰有道理？」

　　美珊和佩芝都是天欣的好朋友，天欣不懂選擇，也不想選擇：「我不知道。」

　　第二天，老師發出通告，在查明原因之前，禮堂暫停開放。至於話劇表演會否取消，還要再開會決定。

　　總是三人行的好朋友，變得不瞅不睬。天欣獨個兒坐在藝術廊，看着馬賽克壁畫，倍感寂寞。

　　壁畫有四隻兔子，戴尖頂帽，揮魔法

棒，創作靈感來自魔法兔的都市傳說。

「如果有魔法兔，就可以解決問題吧？」天欣從口袋裏取出紅豆麻糬，喃喃自語：「好想大家一起吃麻糬。」

突然，一隻白鴿俯衝而下，叼走天欣手上的紅豆麻糬。

「還給我，你不能吃啊！」

天欣追着越飛越快的白鴿，不知不覺遠離了人羣。一陣強風迎面吹來，白鴿稍微失平衡，紅豆麻糬掉在地上。

天欣彎腰撿起紅豆麻糬，抬頭一望，才發現來到禮堂地下室門前。

「我怎會來到這裏？」

剛剛加入話劇團時，天欣在老師的帶領下參觀過地下室，印象中是一個陰森恐怖的房間。她不是布景道具組成員，之後沒再來過這個地方。

天欣把耳朵貼在門上，聽了一會兒：「沒有聲音。」她轉一下門把，**竟然沒有上鎖🔓**。

　　只要找出真相，美珊和佩芝便會和好。天欣握住門把，心跳加速，要不要進去看看呢？

　　正在猶疑的時候，一團黑影「咻」地撲過來……

地下室鬧鬼事件

16

第②章
怪獸的咆哮

和暖的晨光照耀着月落之國的彩虹鎮。

在魔兔便利店門外，白公子運用魔法，令花槽的植物開出鮮艷的花朵。他滿意地說：「今天的花很漂亮，不枉我苦心練習。」

「你不要再下雨，我討厭魔法！」芭妮阻止頭頂的小雲下雨，寧願用灑水壺澆花。

「枯葉軟曲奇，好好吃啊！」芝絲露捧着親手製作的新甜品，給路過的市民試吃。

店長不動大師在哪裏？三隻橡子精靈飄到魔兔店旁邊的停車場，看到不可思議的奇景，匆匆折返便利店通知魔法兔們。

大家躲在停車場的大樹後，竟然看到不動大師認真地洗車。

「怎麼可能？我沒有眼花吧？」芝絲露

大吃一驚。

「太陽要從西方升起。」白公子感到很奇怪。

「太陽已經升起來了，今日會從東方落下。」芭妮更正。

不動大師的兔生座右銘是「**不消耗無謂的體力**」，他經常躲在魔兔車裏偷懶睡覺，從來不會主動幫忙洗車。

芝絲露覺得不動大師一反常態的背影，散發出**淡淡的寂寞**。她不自覺地抓住胸口，雜亂的心跳彷彿告訴她，眼前的人**可能會隨時消失**。

在另一棵大樹後面，還躲藏着**另一個身影**。他們專注於不動大師，不知道「太陽公園」發生了大事。

「轟隆隆⋯⋯隆隆⋯⋯轟轟⋯⋯轟隆

隆……隆隆……轟轟……」

太陽公園的地底傳出**可怕的叫聲**，聲音滲着憤怒與焦躁，不禁令人聯想到怪獸的咆哮。

快逃！快逃！

市民紛紛逃離現場後，管理員趕緊關閉公園。

咆哮聲斷斷續續，地面卻沒有任何異樣。工作人員檢查下水道，**水管完好無損**，也找不到入侵者。

彩虹鎮的獵豹鎮長收到消息後，認定這是異常緊急事件，馬上出門請專業人士幫忙。

「太陽公園有怪獸啊！」

「我當時也在公園裏，叫聲很可怕，嚇死我了！」

逃出公園的市民陸續來到魔兔店，他們在店裏的用餐區聊天，**話題離不開**

怪獸。

「叮咚！」店門打開了。

獵豹鎮長衝入魔兔店，以響亮的聲音喊：「不動大師，你在哪裏？」

「在你後面。」不動大師剛好回到店裏。

「請你去太陽公園地底找出疑似怪獸咆哮的原因，必須在今天之內完成任務，發票寄去鎮長辦公室。」

話音剛落，獵豹鎮長登上停泊在門外的汽車，車子一開，瞬間在街道上消失了。

「獵豹鎮長來去如風，果然是『速度之王』。」芝絲露真心佩服。

魔兔店除了是便利店，還會接受委託，為客人解決問題，收費視乎任務的難度。

「今天很早起牀，我本來想補眠一下。」不動大師打了個呵欠。

「完成任務後，你可以去鎮長辦公室睡

個夠喔。」芭妮笑着説。

★ ☾ ★ ☾ ★ ☾ ★ ☾

「轟隆隆……隆隆……轟轟……轟隆隆……隆隆……轟轟……」

魔法兔們來到太陽公園，清楚聽到從地底傳來的叫聲，**是大家都沒聽過的聲音**。他們在工作人員的協助下，進入公園的下水道。

彩虹鎮的下水道十分寬闊，四通八達，十足一座**巨型迷宮**。奇怪的是，當魔法兔們抵達地底後，**咆哮聲竟然消失了**。

「店長，你感覺到有什麼不妥嗎？」白公子問。

「我們怎麼辦？」芝絲露追問。

「《伊索寓言》的朋友可以幫忙嗎？」芭妮再問。

不動大師正在思考時，左邊的通道響起

由遠而近的腳步聲，然後有一個女孩走出來。

「我終於見到有人啦！」天欣激動得差點哭出來：「地下室什麼時候變大了？我走了很久都找不到出口。」

魔法兔們的長耳朵動了動，天欣問：「你們不是話劇團團員，為什麼扮成兔子？」

「你似乎還不知道發生什麼事。」芭妮變成兔子形態，再變回人形：「我們是魔法兔喔。」

「你們是魔法兔？尖頂帽呢？魔法棒呢？」天欣非常震驚。

「原來我們在人類世界只有刻板的形象。」白公子無奈地攤開雙手。

芝絲露抱着橡子精靈，解釋説：「你來到月落之國的彩虹鎮，這裏是太陽公園的下

怪獸的咆哮

水道，我們正在調查地底有沒有怪獸。」

先有鬼魂，再有怪獸，天欣驚嚇得説不出話，只是不停地眨眼睛。她記得握住地下室門把時，有一隻白鴿突然撲向她，她手一滑，便推開門，沒想到來到另一個世界。

大家自我介紹後，天欣拉着芭妮的手，焦急地説：「學校禮堂有鬼魂，話劇表演可能會取消，美珊和佩芝也吵架了。你們陪我去學校，和鬼魂談判好嗎？」

「我們從沒去過人類世界，如果可以的話，我也想去看看喔。」芭妮説。

「你們有魔法，想去哪裏都可以呀！」

「真可惜！魔法不是萬能的。」不動大師聳聳肩，説：「你現在有兩個選擇：和我們一起找怪獸，或者自己去彩虹鎮觀光。」

「找怪獸？去觀光？怎麼辦？」天欣歪着頭，十分苦惱。

「你在這裏慢慢想，決定後就大叫，兔子聽覺很靈敏，我們一定會聽到的。」不動大師轉身便走。

魔法兔們越走越遠，天欣**害怕獨自留下來**，拔腿追上去。

「你決定跟我們找怪獸嗎？」不動大師確認道。

天欣用力地點頭。

不動大師遞上一本《魔兔店產品目錄冊》，說：「我可以用魔法把照片變成實物，隨便選一件，免費送給你。」

「謝謝！」天欣打開目錄冊，零食、文具、生活用品……商品應有盡有，全是沒見過的品牌，「好想吃這個……這個也想要……還有這個……」

「你在這裏慢慢選，決定後就大叫，兔子聽覺很靈敏，我們一定會聽到的。」

絕對不要獨自留下來！情急之下，天欣伸出食指說：「我要這個！」

魔法兔們的視線落在天欣指着的方向——不動大師手上的《伊索寓言》！

不動大師是伊索魔法兔，隨身攜帶《伊索寓言》，可以召喚書中的角色出來。所有魔法兔都有屬於自己的魔法物品，**不可以送給別人**。

「沒問題。」不動大師語氣輕鬆。

「怎麼可能？」同伴們難以置信。

不動大師把《伊索寓言》交給天欣，賊笑着說：「你真的很有眼光！」

魔法兔的反應令天欣忐忑不安，不禁問：「我是不是選錯了？我可以換其他東西嗎？」

「貨物出門，恕不退換。」

不動大師雙手插袋，輕輕鬆鬆地走在前頭。

地底一片寂靜，怪獸可能躲在暗角，看準時機突襲，天欣每走一步都**膽戰心驚**。走着走着，她停下腳步，盯着地面説：「**這裏有一朵花。**」

地面有一個圓圈，圈裏有多個幾何圖形，組合成花朵圖案。芭妮蹲下來撫摸，花朵凹凸不平，相信是雕刻下去的。

「**我沒見過這種花**。」白公子望向不動大師，期望他作出解答。

「我好像在哪裏見過，一時間想不起來。」

「還有其他圖案嗎？」

芝絲露抬頭望，看到牆上也刻着同樣的花，突起的圖案好像一個按鈕。她一時好奇，伸手按一下，地上的花形圖案**隨即射出光柱**，接着開了一個洞，大家一起掉下去……

第③章
魔法兔的危機

「咚咚咚咚!」

魔法兔和天欣一直往下掉,好像過了很久很久,終於在平地着陸。

「好痛!」白公子説。

「為什麼我一點也不痛?」天欣問。

「因為我一直抱着你。」芭妮説:「但我也不痛。」

「你們壓住我啊!」芝絲露投訴。

大家站起來,向上望,看不到光線和出口。他們再環視四周,地面呈圓形,空間狹窄,周圍亦沒有通道。

「這裏好像井底。」芭妮説。

「一、二、三、四……」天欣重複點數人數。

「這裏只有我們四個，你數多少次都是一樣。」白公子說。

「還有三隻橡子精靈。」芝絲露補充說。

大家互相對望着，腦筋一轉，心頭一驚：「**不動大師在哪裏？**」

魔法兔們感覺不到不動大師的氣息，他明明一起掉下來，究竟什麼時候失蹤了？

「不動大師不會丟下我們，他一定**被怪獸抓走了**。」芝絲露說。

「你們快點用魔法救他啦！」天欣催促。

「可以用什麼魔法呢？」芝絲露摘下甜筒頭飾，**甜筒立刻變大**。她打開雪糕球，裏面有一顆顆深褐色藥丸，外形十足泥漿水滴。

「不動大師是高級魔法兔，法力高強，你們不必擔心他。」白公子說。

「如果是綁架案，**反而替綁匪擔心**。」

芭妮説。

「你們很冷血。」天欣説。

「我們是冷靜，不是冷血。」白公子仰望上方：「我們要先想辦法離開這裏。」

「我找到了。」芝絲露吞下一顆魔法藥丸，「噗」地變成一隻白鴿，一口氣飛了上去。

等啊等，等啊等，十分鐘後，芝絲露變回人形，「咚」地掉在地上。

「好痛！」芝絲露搓着屁股説。

「你有什麼發現？」天欣問。

「牆壁不斷向上延伸，我找不到出口或通道，只找到這個。」芝絲露張開手掌，有一朵綠色的花，花瓣邊緣散發出朦朧的光環。

「這朵花和地上的圖案一樣。」天欣説。

「當我飛到很高很高時，在牆上發現

一堆彩色的花，於是叼一朵綠花回來。白公子，你可以和它說話嗎？」

「當然可以。」

白公子撥一下頭髮，接過綠花，問：「請問這裏是什麼地方？」

「嗯、嗯、嗯。」白公子再問：「我們有一個同伴失蹤了，他是伊索魔法兔，你知道他在哪裏嗎？他是不是被怪獸抓住？」

「嗯、嗯、嗯。」白公子最後問：「我們怎樣離開這裏？」

詢問完畢，白公子向大家匯報：「這裏不是下水道，而是**地底深處的魔法世界**。只要我們去到彩虹城堡，就會找到想要知道的答案。」

綠花浮在半空中，抖一抖花瓣，花粉飄到牆上，**出現一道木門**。然後，綠花緩緩向上升，飄到同伴身邊。芝絲露趕快拿

出小瓶子，接住掉落的花粉。

門後是什麼地方？魔法兔每次接受委託，不動大師一定在場，只要有他在身邊，便會感到安心。現在要自行完成任務，還要尋找不動大師，他們做得到嗎？

看着由魔法變出來的門，天欣不禁聯想到學校地下室，打開後不知道會去哪裏。她害怕得躲在芭妮後面，挽着她的手臂。

「我也不是很勇敢喔。」芭妮躲在芝絲露後面。

「我經常闖禍，不敢再亂摸東西。」芝絲露躲在白公子後面。

「我……」白公子想躲在橡子精靈後面，卻發現他們早已躲起來了。

大家用堅定的眼神鼓勵白公子。他無處可躲，撥一下頭髮，硬着頭皮打開門……

第④章
溫室奇遇

　　明亮的日光躍入眼中，白公子處身於**寬敞的溫室**，熱帶和寒帶植物同步生長，全部都是月落之國獨有的植物。室內還有一個圓形大水池，一半是淡水，一半是鹹水。

「山頂魔法溫室！」

這是高級植物魔法兔專用的修煉場，是白公子夢寐以求的地方。他每天練習魔法，希望由中級升到高級。然而，他自知能力不足，尤其不擅長控制水中植物，還要經過長時間訓練才能升級。

白公子裝模作樣地轉一個圈，用左手按着藤蔓胸針，胸針向前方射出一道光。他向着光線伸出雙手說：「起飛吧，羽毛草！」

一條條羽毛形狀的海草從水底飛出來，在空中集合。羽毛草跟着白公子的手勢移動，手心向上便飛高，手掌打圈便旋轉，雙手停住便靜候指示。

羽毛草完全聽命於白公子，法力維持了一段長時間。

「我成功了！」白公子想向高難度

挑戰，羽毛草還在空中旋轉時，伸出右手說：「來玩遊戲吧，兔王樹！」

　　一棵兔子形態的大樹走過來，跟白公子和羽毛草切磋魔法，他們攻擊、奔跑、閃躲，速度快，動作敏捷。

　　白公子使出各種在書本上看過，卻從沒使用過的魔法，法力進步神速。他沉醉在自己的世界之中，**忘記了一件非常重要的事**。

♪　★　♪　★　☽　★　♪　★　☽

　　「砰砰……」芝絲露、芭妮和天欣**不停拍溫室的玻璃門**，邊拍邊喊：「白公子！」

　　原來，白公子走入溫室後，其他人隨即被玻璃門擋住，四周變成郊外的景色。

　　大家隔着玻璃門看得到白公子，也聽得到他的聲音。但無論她們怎樣大聲叫喊，白

公子都**看不見、聽不到**。

「『山頂魔法溫室』不是在山上嗎？」芝絲露問。

芭妮吸了吸鼻子，感受現場的濕度和空氣流動，確認道：「**我們仍然在地底**。」

橡子精靈在溫室外繞了一圈，找不到入口，連細小的通風口也沒有。

「你們看！白公子的表情改變了。」天欣緊張地說。

白公子的**嘴角上揚，瞳孔變成紅色** ●●，以宏亮的聲音說：「哈哈哈！我成功了，我是高級植物魔法兔！」

白公子的魔法越來越強大，溫室裏的植物都聽命於他，任由他擺佈。

「我覺得白公子變得很可怕。」天欣說。

「不好了，白公子**走火入魔了！**」芝絲露大驚。

「他簡直是亂來，**魔法不可能快速提升**。他向來有自知之明，明白**循序漸進**的重要性，再這樣下去，他可能有生命危險。」芭妮說。

「我們要救白公子出來。」芝絲露吞下一顆魔法藥丸，變成一把大鐵鎚，說：「我們一起打破玻璃門。」

「是！」天欣和芭妮一起拿着大鐵鎚，使勁地敲擊玻璃門，大喊：「白公子！」

白公子**情緒高漲**，揮舞着手腳，時而轉圈，時而跳起，像個瘋狂的舞蹈家一樣。

「哈哈哈！我是最厲害的植物魔法兔！」

白公子進入**忘我境界**，沒留意溫室的植物**由外至內糾纏連結**，漸漸編織成一個球體困住他。

「哈哈哈！我終於擁有足夠實力，不用

再倚靠任何人。」

　　溫室的玻璃門異常堅硬，敲了很久才敲出一道裂縫。

　　「白……白……公……」

　　「咦？這是什麼聲音？」

　　白公子隱約聽到女孩子的叫聲，揮舞的手凝在半空，眼神變得柔和，藤蔓胸針的光逐漸暗淡。

　　溫室的植物不但沒有停下來，反而加速糾纏連結，快要編織成一個密封的球體。

　　「時間無多，我們要快些打破玻璃門。」芭妮非常着急。

　　「是！」大鐵鎚很重，天欣全身冒汗，手臂酸軟也不放開手。

　　「白……白……公子……」

　　「是誰？我好像聽過這把聲音。」白公子環視周圍，尋找聲音的來源。

兔王樹伸出枝葉，從後環抱着白公子，在耳邊説：「全心全意練習，我可以幫你升級，成為最頂尖的植物魔法兔。」

　　「真的嗎？」

　　白公子的神情變回瘋狂，藤蔓胸針再次發光。

　　「白……公子……」

　　「我好像忘記了一件重要的事，到底是什麼？」

　　兔王樹用枝葉搗住白公子的耳朵，企圖阻隔外界的干擾。

　　「喀拉喀拉……」

　　玻璃門的裂縫越來越大，呼喚也越來越清晰。看着玻璃門快要被打破，兔王樹射出全身枝葉，想要封住植物球。

　　『你會成為最頂尖的植物魔法兔。』

　　「白公子！」

白公子被兩把聲音衝擊，眼神不停地轉換。他垂下頭沉思片刻，然後握住兔王樹的枝幹，作出最後決定：「謝謝你！我終於明白了⋯⋯你是冒牌貨！」

白公子的眼神終於回復正常，推開兔王樹說：「統統消失吧，冒牌魔法溫室！」

藤蔓胸針發出強光，植物球瞬間瓦解，樹枝向外飛散，擊碎溫室的玻璃。

「哐噹噹⋯⋯」

溫室消失，日光褪去，一隻小怪獸在地底亂飛亂撞，芝絲露變回人形，拔腿追上去：「不要走！」

小怪獸高速穿過牆壁，芝絲露「砰」的撞到牆上，痛苦地叫：「好痛！」

「大嘴巴，長鼻子，長尾巴，全身有鱗片，真的有怪獸！」天欣說。

「我知道了，冒牌溫室是怪獸變出

來的。」白公子摸着下巴，说出大家都猜到的推理。

大家仔細地撫摸牆壁，卻找不到機關。

「啊，花粉！」芝絲露打開小瓶子，花粉飄到牆上，果然出現一道木門。

一陣清幽的花香從門後飄出來，芭妮説：「好香！」

「哪有香味？我聞不到任何味道。」芝絲露説。

「我也聞不到。」白公子説。

芭妮重複説着「好香」，着迷似地走到門前，伸手想開門。

「等等！」

天欣拉住芭妮的手臂，可是她已經把門打開……

第⑤章
蒲公英花海

天空一片蔚藍，盛開的蒲公英鋪出美麗的花海。

一隻**可愛的垂耳兔**蹦蹦跳跳，穿梭於蒲公英之間。肚子餓了，就吃蒲公英；玩得累了，就躺下來休息。

「芭妮、芝士兔、白公子，你們在哪裏？」天欣喊。

垂耳兔聽到天欣的聲音，跑到她的腳前，踮高腳抓住她的小腿，說：「**天欣，抱我。**」

「你是誰？」

「這麼快就忘了嗎？我是芭妮喔。」

「**你怎會變成兔子？**」噢，我的意思是你一直是人形，小雲在哪裏？」

「我來到這裏後，便是這個樣子。我現在用不到魔法，小雲不會出現喔。」

天欣坐在地上，抱起兔子芭妮，溫柔地撫摸她的頭和背，芭妮露出舒服的表情。

「彩虹鎮沒有蒲公英花海，這裏是人類世界吧？」

「人類世界有蒲公英，但我從沒見過這麼壯觀的花海。」

花海無邊無際，好像旅遊書的觀光景點。既然「門」接通兩個世界，可以過來，也可以回去。天欣不確定是不是回到人類世界，當她苦苦思索時，不自覺地停下撫摸。

「繼續啊！」芭妮催促。

「噢，對不起！」

「我一直很想去人類世界，做一隻被人寵愛的普通兔子，過着幸福平淡

的生活。」

「你現在不幸福嗎？」

芭妮想了想，說：「我有家人和朋友，也有喜歡的工作，算是幸福吧。我很喜歡彩虹鎮，**只是討厭魔法。**」

「為什麼討厭魔法？會魔法很方便嘛。」

忽然間，一陣強風吹過來，蒲公英漫天紛飛，在風中化做白雪。蒲公英花海消失了，只剩下空曠的雪地。

　　人類世界原來是幻象，芭妮失望極了，發出長長的歎息。

　　「好冷啊！芭妮，你變回人形用氣象魔法啦！」天欣低頭一望，兔子芭妮瑟瑟顫抖。天欣把她緊抱在懷裏，為她保暖。

　　「你為什麼不變回人形？」

　　芭妮只能夠發出微弱的聲音，無法説出完整的話。

　　到處白茫茫一片，什麼也沒有。天欣驚慌失措，大喊：「救命啊！芝士兔、白公子，快來救我們啊！」

　　虛弱的芭妮閉上眼睛，思緒隨着白雪飄到童年時代：氣象魔法兔天生擁有

魔法力量，可以改變一切大氣變化的現象。

小孩子對魔法充滿好奇心，兔小孩總是**被各種動物包圍**，話題離不開魔法。

芭妮清楚記得，那一天，天氣炎熱，芭妮召喚大風，可惜她控制不了風向，吹走了晾曬的衣服，還吹走了空中的風箏，結果被狠狠責罵。

之後，芭妮試過叫出太陽，令雪糕融化；叫出暴雨，令營火熄滅……芭妮**無法控制魔法的強弱**，每每把好事變成壞事，給別人添麻煩。

「我不喜歡芭妮。」

「我以後不和芭妮玩。」

芭妮被朋友嫌棄，**魔法沒有令她得到更多**，反而失去最重視的友情。她變得獨來獨往，孤孤單單。

「我討厭魔法。」芭妮決定以後不再使

用魔法。

有一天，芭妮趴在客廳的窗台，望着窗外發呆。

「芭妮，你為什麼不出去玩？」媽媽問。

「我不想出去。媽媽，為什麼我不能像其他動物一樣？我想做一隻普通的兔子。」

媽媽知道芭妮的心事，把她抱在大腿上，柔聲說：「媽媽小時候也問過外婆，為什麼只有兔子會魔法，氣象魔法很厲害，同時也很麻煩，對其他人的影響特別大。」

「你有沒有想過不要魔法？」

「當然有想過啦！但是，我們只可以選擇不用魔法，魔法力量不會消失。」

「我討厭魔法。」

「我有方法令魔法不討厭。」

「真的嗎？快教我！」

「就是用魔法來幫助人，初時可能會手忙腳亂，但我相信只要你出於善意，別人一定會明白你、接受你。」

　　媽媽的安慰是芭妮的救贖，她不再胡亂使用魔法，只會用來幫助人。儘管這樣，她依然無法真心喜歡魔法，「我討厭魔法」成為她的口頭禪。

　　童年的回憶被風雪吹走，芭妮張開眼睛，眼下漆黑一片。她鑽出頭來，忍不住說：「好冷！」她定睛看清楚，才發現天欣緊抱着自己，冷得蜷縮在地上，身體非常虛弱。

　　「芭……妮……不要……睡覺……」天欣用盡力氣，微聲呼喚芭妮。

　　天氣再嚴寒，芭妮只要挖地洞，便可以躲避風雪的吹襲。天欣怎麼辦？芭妮挖不出

足以藏人的地洞。

「用魔法來幫助人。」

媽媽的聲音在芭妮耳邊響起。現在，需要幫助的人就在身邊，芭妮變回人形，站起來，向上望，牽起嘴角說：「小雲，你還在，太好了！」

「等你好久了！」

芭妮左手插腰，右手指着天空，從左至右畫出一道弧線，邊畫邊說：「雲之上，日之心，請讓我使喚大太陽！」

小雲飛上高空變成太陽，太陽放射出來的密集光線，像一支支箭射出去，對抗來勢洶洶的風雪。

風雪遇到強敵，集中威力還擊。兩股大自然力量互相角力，分不出高下。

「天欣，你走得動嗎？」

天欣不但沒有反應，而且氣息越來

越薄弱。

「天欣，你要支持住啊！」芭妮加強法力：「超級太陽！」

「陽光箭」的攻擊比之前更猛烈，風雪節節敗退，終於抵擋不住，被徹底擊退了。「陽光箭」高速向外飛散，**融化外圍的冰牆**。

同伴們就在冰牆後面，芝絲露一見到小怪獸從冰牆飛出來，立即追上去：「我不會再讓你逃掉。」

小怪獸在地底橫衝直撞，正想衝向牆壁時，三隻橡子精靈擋住去路。芝絲露撲上去：「你投降啦！」

就在這時，小怪獸穿越橡子精靈，再穿過牆壁，消失無蹤。

「我沒有眼花吧？」芝絲露眨了眨眼睛。

「我們見到的只是**怪獸的虛擬影像**，

他的真身在其他地方。」白公子説。

　　原來，當芭妮打開門後，和天欣進入了冰屋。由於冰塊朦朧，同伴們看不到冰屋裏的情況，不敢輕舉妄動。

　　現在，氣温回升，同伴吵鬧，天欣也蘇醒了。

　　「芭妮，天欣，你們在冰屋發生了什麼事？」芝絲露問。

　　「我們……」

　　「秘密。」芭妮羞紅了臉，不讓天欣説下去。

　　當天欣緊抱着兔子芭妮時，看到芭妮被朋友嫌棄的童年，也看到媽媽温柔的安慰。在雪地失去意識前，天欣還目睹芭妮施魔法的過程，帥到不得了！

　　雖然天欣很想説出驚險的奇遇，但是看到芭妮難為情的樣子，便決定替她保守

秘密。

芝妮真的討厭魔法嗎？還是，她的心像冰塊那樣，迷濛得連自己也看不穿、猜不透呢？

芝絲露再次用花粉在牆上變出一道木門。

「我一定要抓住怪獸！」

芝絲露相信只要想着怪獸，便會見到怪獸，她一邊叫喚怪獸，一邊把門打開……

第⑥章
真假家人

　　一幢幢鄉村風格的房子映入眼簾，高原空氣清新舒爽，懷念的熟識氣味隨風飄送，芝絲露既驚且喜：「向日鎮？☀」

　　野生向日葵遍佈向日鎮，居民像向日葵一樣生氣勃勃，充滿朝氣。芝絲露在這個小鎮出生，她在不久前才離開故鄉，自己一個前往彩虹鎮，時刻掛念着家裏的人和事。

　　一絲絲白煙從煙囱升起，外婆在廚房煮午飯，媽媽在房子前晾衣服。

　　「芝絲露，你回來啦！」媽媽笑咪咪地説。

　　「媽媽，你胖了很多，肚子都變大了。」

　　「你在我的肚子裏嘛。」

　　「我？我站在你前面啊！」

　　「你是來自未來的芝絲露✔，在這個

世界的你還未出生。」

　　時光倒流十二年，芝絲露現在才留意到外婆和媽媽的外貌很年輕。

　　「芝絲露，吃飯啦！」外婆從廚房的窗口探出頭來。

　　「我來啦！」

　　芝絲露跑進屋裏，爸爸、姊姊和兩個哥哥也陸續從外面回來，一家人享用

簡單卻美味的午餐。

吃飽後，媽媽教芝絲露研製魔法藥，芝絲露做出變作毛毛蟲的藥丸，外形像一顆**發霉藍莓** 🫐 。

夜深了，芝絲露鑽入外婆的被窩裏，撒嬌要跟外婆一起睡，睡前還要聽外婆說故事。

第二天，綠葉變成黃色、橙色和紅色，清風送來秋天的氣息。芝絲露跟爸爸到山上採蘑菇、摘栗子，**歡樂的笑聲在山谷裏迴盪**。

第三天，初雪飄降，為房子和樹木畫上雪化妝。芝絲露和哥哥姊姊在空地擲雪球、堆雪人，**玩得愉快盡興**。

四季在短時間內轉換，芝絲露享受着充滿愛的寧靜生活，沒有察覺到當中的矛盾。

有一天，當芝絲露攪拌鍋子裏的魔法藥時，媽媽說：「如果你留下來，**就會看到**

自己出生。」

「好啊！到時一定很有趣。」

芝絲露望向天空，在腦內拉起舞台布幕——

【芝士兔瘋狂幻想劇場】

「哇哇！」

兔寶寶肚子餓了，媽媽拿起奶瓶想餵奶，突然……

「嘩！」

奶瓶上出現芝絲露的臉 ，把媽媽嚇一跳，逗得兔寶寶哈哈笑。

爸爸走樓梯到二樓，還差一步便到達，樓梯突然變成滑梯，爸爸左搖右晃，從滑梯溜下來。

「是誰捉弄我？」

「哈哈！」芝絲露變成樓梯，再化身滑梯，兔寶寶坐在地上，拍手大笑。

隔壁的孩子在草地踢足球，高個子起腳射門，足球突然胡亂旋轉，龍門更跳來跳去。

孩子們呆住了，「芝絲露足球」和「兔寶寶龍門」卻笑個不停。

沒錯，一定是這樣，和自己一起長大真有趣！家人和鄰居相處融洽，無憂無慮，就是芝絲露最喜愛的向日鎮。

想到這裏，芝絲露的胸口像被緊緊揪住，感覺到有什麼不妥。她問媽媽：「你為什麼叫我留下來？」

「因為這裏是你的家嘛。」媽媽答得理所當然。

「不對，不是這樣。」

「希望女兒留在自己身邊有什麼問題？」

媽媽伸手想摸芝絲露的頭，**芝絲露卻向後退**，紅着眼睛說：「媽媽不會叫我留在家裏，**你不是我媽媽**。」

「我當然是你媽媽，只是看起來比較年輕。來吧，讓我抱抱你！」

「你不是我媽媽。」芝絲露不斷向後退，淚水在眼眶滾動：「媽媽會叫我去外地修煉，結識各種朋友，學習不同文化。只有這樣我才會成長，才能……才能……」芝絲露吸一口氣，流着淚說：「**守護大家的笑容！**」

在一個風和日麗的下午，家人為了和芝絲露慶祝十二歲生日，特地到山上野餐。突然，天空烏雲密佈，**一道閃電劃破長空**，把一塊大石劈成兩半。

芝絲露發現大石裏面刻着文字——到了

預定的時候，**向日鎮會發生大災難**。這件事很快傳遍全鎮，大家半信半疑，不知道確實日期，也無法證實是真是假。

「我想保護大家，可以怎樣做？」芝絲露問。

「你去外地修煉吧，結識各種朋友，學習不同文化，使自己變得更強。」媽媽說。

「我聽你爺爺說過，**最強的魔法兔住在彩虹鎮** ，你找到他的話，可能會找到答案。」爸爸說。

「我去！你們要等我，我一定會回來！」

魔法兔到十二歲便可以工作，芝絲露**決定踏上旅途**，到彩虹鎮尋找最強的魔法兔，從修煉中尋找答案。

跟溫室和冰屋一樣，眼前的家園**只是虛假的幻象**。

紫色的魔法藥 在鍋子裏沸騰，

天空傳來玻璃裂開的「喀拉喀拉」聲。

芝絲露擦乾眼淚，傷心地對媽媽說：「我要回去了。」她仰天叫喊：「芭妮、白公子、天欣，救我出去！」

芝絲露把桌上的材料統統丟入鍋子裏，魔法藥產生強烈反應，像噴泉似地**噴射出七色水柱**，撞破屋頂，再衝向天空。

與此同時，**一道道閃電擊中房子和樹木**，火光四射。芝絲露變成兔子奔出屋外，鑽入地洞裏，草地自動蓋着地洞入口。

「轟」的一聲，天空降下玻璃碎片雨，向日鎮消失了，**小怪獸在地底亂飛**。

三隻橡子精靈全身發出刺眼的強光，小怪獸有點暈眩，掉在天欣拿着的《伊索寓言》上。

「你是不是綁架了不動大師？」天

欣乘機問。

小怪獸的**眼神閃縮**，重新飛起來全速衝過牆壁。

「我知道了，**犯人就是地底怪獸！**」白公子摸着下巴，説出大家都猜到的推理。

原來，芝絲露開門後，**進入了巨型水晶球裏面**。芭妮不斷用閃電劈水晶球，最後由白公子使喚草地保護芝絲露。

怎樣才能找到小怪獸的真身呢？除了繼續追着小怪獸，大家都想不到其他辦法。芝絲露打開瓶子，花粉在牆上變出一道木門，她轉一下門把，回頭説：「**我打不開**。」

「讓我來。」白公子都打不開。

「我試試看。」芭妮也打不開。

魔法兔們的目光聚焦在天欣身上，天欣膽怯地説：「**你們可以拉住我嗎？**我不想和你們分開。」

真假家人

「當然可以喔。」芭妮笑着説。

大家抓住天欣的手臂，天欣對着《伊索寓言》輕聲説：「不動大師，你要保護我們啊！」她深呼吸一口氣，轉動門把，結果⋯⋯

「我打不開。」

　　誰也沒想到天欣又推又拉，還是打不開門。

　　芝絲露變成大鐵鎚，敲不破木門；芭妮使喚閃電，也劈不開門把。

　　「這裏有鎖匙孔。」白公子有新發現，他記得之前三道門都沒有鎖匙孔，「如果這裏有植物，就可以叫它們鑽入鎖匙孔開鎖。」

　　「你變成鎖匙開門啦！」天欣對芝絲露說。

　　「我沒有變做鎖匙的魔法藥丸。」

　　大家坐在地上，拿出口袋裏的東西，可惜**沒有一件可以用來開鎖**。

　　魔法兔們的目光溜到天欣的《伊索寓言》上，芭妮說：「如果不動大師在這裏，就可以叫《伊索寓言》的角色出來幫忙。」

「只要不動大師一出手，任何問題都可以解決，他不在都不知道怎麼辦。」白公子說。

「我們還說要救他，現在什麼都做不到。」芝絲露說。

魔法兔和人類一樣，遇到難關時，也會沮喪和軟弱。天欣不會魔法，只會想着倚賴他們，沒想過要自己付出。她很想做點什麼，但她可以做什麼呢？

「魔法不是萬能的。」不動大師說過的話在天欣耳邊響起，她打開《伊索寓言》，全是耳熟能詳的故事，她問：「什麼是伊索魔法？」

「不動大師可以叫這本書的角色出來，譬如叫〈螞蟻和蟋蟀〉的螞蟻幫忙看店，或者叫〈吹笛的漁夫〉的漁夫引開敵人。」芭妮解釋。

「真神奇！」天欣隨便翻了幾頁，**眼睛忽然亮了起來** 👀✦，對白公子說：「你可以問〈一捆樹枝〉的農夫借樹枝，然後叫樹枝開鎖。」

「我們不會伊索魔法，這本書在我們手裏，**只是一本普通圖書**。」白公子打開〈一捆樹枝〉說：「農夫先生，請你出來幫幫我們！」

《伊索寓言》完全沒有反應。

天欣記得〈一捆樹枝〉的寓意是團結力量大，於是提議：「**不如我們一起試試啦！**」

魔法兔、橡子精靈和天欣一起捧着《伊索寓言》，同聲說：「農夫先生，請你出來幫幫我們！」

下一秒鐘，《伊索寓言》閃出強光，拿着一捆樹枝的農夫從書裏走出來。

「成功了！」奇蹟出現了，大家高興得互相擊掌。

「咦？不動大師呢？」農夫問。

「他失蹤了，我們正在找他，但要先打開這道門，你可不可以借我一根樹枝？」白公子說。

「沒問題。」

白公子選了一根較幼的樹枝，說：「請你打開門鎖！」

樹枝慢慢地鑽入鎖匙孔裏，轉了幾下，「喀嚓」一聲，門鎖打開了。

「謝謝你！」大家同聲道謝。

「希望你們找到不動大師，再見！」農夫走入《伊索寓言》後，圖書自動合上。

體驗過團結的力量，大家決定一起握着門把，倒數三聲把門打開……

🌙　⭐　🌙　⭐　🌙　⭐　🌙　⭐　🌙

「這是什麼地方？」天欣傻眼了。

房間裏佈滿一面面落地鏡，彷彿走進無盡的空間，在哪裏都看到自己，令人分不清方向。

「不如我們手牽手。」芝絲露轉過身，剛才還在**身後的同伴不見蹤影**，大聲喊：「你們在哪裏？」

芭妮聽到芝絲露的聲音，聞到對方的氣味，可是**繞過一面又一面鏡子**，始終找不到她。芭妮拉開嗓門喊：「我為什麼見不到你？」

「你們站在原地，不要亂走，我來找你們。」白公子左右張望，説：「天欣，我見到你了。」

白公子鎖住目標，急步走過三面鏡子，到達時卻看不到天欣。

天欣知道一旦迷路，就應該留在原地等

候救援。如今困在鏡子迷宮，前後左右都看到自己，恐懼倍增，不自覺想要逃離。

慌張的天欣到處亂走，不小心撞到一面鏡子，**鏡子旋即出現水波紋** 。當水波紋消失後，出現一間超級市場，媽媽和三歲的天欣正在選購糖果。

「你想吃什麼？」媽媽問。

「我要吃這個。」天欣迅速拿起一包橡皮糖。

「又吃橡皮糖，你上次不是吃過嗎？」

「我喜歡吃橡皮糖。」

「不要每次都吃一樣的，今天吃棉花糖吧！」

媽媽把橡皮糖放回原處，牽着天欣的手離開。天欣依依不捨地望着橡皮糖，**不再說一句話**。

「為什麼會這樣？」

鏡子前的天欣嚇得向後退，撞到另一面鏡子，鏡子再次出現水波紋。當水波紋消失後，出現一間美術教室，五歲的天欣和兩個鄰居小孩上剪貼課，正在選顏色紙。

「我要粉紅色。」鄰居一號說。

「我要紫色。」鄰居二號說。

「我也要紫色」天欣說。

「你要橙色啦，我們可以交換嘛。」鄰居一號把橙色紙塞給天欣。

天欣扁起嘴，盯着手上的橙色紙，**默默地返回座位**。

到服裝店買衣服，媽媽會為天欣挑選最漂亮的款式。到餐廳吃飯，家人會點最美味的菜式。在學校做話劇，老師會分配最適合的角色。

天欣差點忘記了，小時候，她可以爽快

地下決定，只可惜常常被人否定。

　　每當有人反對天欣的選擇時，她都會在心裏問自己：「我又做錯了嗎？」天欣**害怕做錯事**，面對選擇時，漸漸變得畏縮，猶豫不決。

　　久而久之，天欣只會跟着大眾的步伐，接受別人給她的安排。她不懂得怎樣選擇，也不想做任何選擇。然而，別人為她挑選的東西，都是她喜歡的嗎？別人為她作出的安排，都是她想要的嗎？

　　從鏡中看到過去的自己，勾起天欣**埋藏在心底的疑問**，既煩惱又可怕。天欣激動地喊：「我不要看到過去的自己！」

　　鏡中的影像不但沒有消失，反而變本加厲，媽媽遞出一條裙子，同學遞出一杯雪糕……

　　「紅色裙子最漂亮。」

「朱古力雪糕最好吃。」

重疊的聲音好像魔咒，天欣害怕得摀住耳朵逃跑，可是無論跑到哪裏，鏡中都有人把各種東西遞給她。

「哎呀！」天欣跑得太快，不小心摔倒在地上，《伊索寓言》脫手飛出去，打開〈鄉下老鼠和城市老鼠〉的一頁。

「這個故事⋯⋯」

天欣面對別人給她做的決定，有時開心，有時不開心，後來都變得沒所謂了。真的不介意嗎？真的甘心樂意接受嗎？

「選擇適合自己的生活方式」是這則寓言的寓意。天欣咬一咬牙，鼓起勇氣站起來，對着鏡子喊：「你們挑選的，我統統都不要！」

鏡中的影像終於全部消失，天欣只見到

無限延伸的自己，她捧着《伊索寓言》説：「老鼠朋友，請你們出來幫幫我！」

下一秒鐘，《伊索寓言》閃出強光，兩隻老鼠從書裏走出來。

「這本書是不動大師的，你是誰？」鄉下老鼠問。

「我叫天欣，我和魔法兔失散了，你們可以幫我找他們嗎？」

「當然可以啦！」

「請你相信不動大師，他不會丟下人類的孩子。」城市老鼠説。

鄉下老鼠吸吸鼻子，説：「我聞到甜味，跟我來！」

兩隻老鼠分頭尋找魔法兔，天欣跟着鄉下老鼠循着甜味東奔西跑，終於看到熟識的身影。

「芝士兔！」天欣撲向芝絲露，熱情地

擁抱着她。

由於芝絲露在魔兔店做了枯葉軟曲奇，芭妮和白公子身上也帶有甜味。城市老鼠很快找到他們，大家終於團聚了。啊，不對，還欠一個重要的同伴。

當兩隻老鼠回到書裏後，芝絲露高聲呼喊：「不動大師，你在哪裏？」

就在這時，鏡中竟然出現四個不動大師：第一個在魔兔車裏睡覺，第二個在街上散步，第三個和貓大王吵架，第四個坐在魔法廚房的搖椅上賞月。

「怎會有四個不動大師？」芭妮問。

「通常在這種情況下，只有一個是真的。」白公子摸着下巴說。

「哪個是真？哪個是假？」天欣腦筋一動，捧着《伊索寓言》走到第一面鏡子前，沒有反應，第二和第三面鏡子同樣沒有反應。

剩下最後一個機會，天欣咬着唇、繃着臉，走到第四面鏡子前，《伊索寓言》發出柔和的亮光。

不動大師從搖椅站起來，向着天欣走過去，背後的魔法廚房變成古樸的石牆。他伸出手，微笑着說：「謝謝你們找到我！」

《伊索寓言》在光中飄起來，被鏡子吸進去。

晃眼間，「乒乒乓乓」，所有鏡子破碎了⋯⋯

第⑧章
神秘的通道

　　鏡子迷宮和不動大師同時消失，小怪獸沒有現身，卻換來**兩條昏暗的通道**，左邊寬闊，右邊狹窄。

　　「我先去探路。」芝絲露打開甜筒頭飾，東找找，西找找，不好意思地說：「原來已經沒有變做小鳥的魔法藥丸。」

　　「通道裏面可能有分岔路，分開行動有危險，**我們一起走**，不要再失散。」白公子說。

　　「來投票吧！」芝絲露想也不想，走到狹窄的通道入口。

　　芭妮和白公子走到寬闊的通道入口，橡子精靈意見分歧，少糖和半糖跟着芝絲露，微糖則去另一邊。

「左邊？右邊？」天欣在通道前徘徊，**拿不定主意**，苦惱得搔頭搔個不停。

「你快要禿頭啦！」芝絲露説。

「哪一邊比較容易走？」天欣問。

「不知道，我們沒有透視眼。」芭妮説。

「你們是怎樣決定的？」

「直覺。」魔法兔們齊聲答。

「你們的直覺準確嗎？」

「非常準。」魔法兔們再次齊聲答。

現在的狀況是三對三，一半對一半錯，天欣想跟隨多數派也不行。

「怎麼辦？好煩啊！」

「我覺得為選擇而煩惱，也算是一種樂趣喔。」芭妮説。

「為什麼？」

「既然擺在你面前的選項有好有壞，結果同樣有好有壞，不是有點像抽獎嗎？但抽

獎是被動的，選擇是主動的，**可以自己選擇，當然比沒有選擇好喔。**」

「我不知道怎麼選，**我怕會選錯，連累大家。**」

「結果會怎樣，選擇了才知道吧。如果多過兩個選項，我會用排除法，先刪去不喜歡的或不可能的，縮小範圍，再考慮剩下的選項。」

天欣默不作聲，仔細思考芭妮的話。

「其實，**所謂直覺，就是聆聽和相信內心的聲音。**天欣，盡情享受選擇的樂趣吧！」

從不認同選擇是樂趣，還是已經忘記選擇的樂趣呢？這一刻，天欣仍然覺得選擇是煩惱，不知為何心情卻好像輕鬆了一點點。

天欣站在兩條通道中間，深呼吸一下，

提起右手臂，指着⋯⋯狹窄的通道。

「這兩條通道都是怪獸變出來的吧？那就不會是普通的通道。寬闊的通道容易走，卻可能有很多機關。狹窄的通道較難走，可能反而更安全。」

「你的分析很有道理，人類的小學生真厲害！」芝絲露由衷佩服。

「好的，我們走狹窄的通道吧！」白公子說。

橡子精靈全身發光走在前頭，照亮陰暗的通道。通道狹窄得只能容納一個人側身行走，大家要一個接一個排隊進去。

當所有人進入通道後，前面的芝絲露突然彈起，再掉到地上。

「發生什麼事？」芝絲露嚇一大跳。

「嘩嘩！」後面響起尖叫聲，芝絲露向後望，大家連續彈跳，好像跳彈牀似的。

她再向下望，地面變成黑白相間，**就像鋼琴的黑白鍵一樣** ▮▮▮ ▮▮ ▮▮。

不只這樣，彈起的黑鍵降下後，便會立刻掉落，露出一個大黑洞。

芭妮和白公子變成兔子，以敏捷的身手跳過一個個大洞。芝絲露在變身前，向天欣擲出魔法藥丸：「**你也變成兔子啦🐰！**」

天欣來不及考慮，吞下魔法藥丸，「噗」的一聲，變成……一條毛毛蟲！

「對不起！我拿錯魔法藥丸。」

「我現在走得更慢了，怎麼辦？」**天欣拼命向前爬。**

芭妮衝過去，用長耳朵挑起毛毛蟲，毛毛蟲在空中翻了幾個筋斗，跌落在芭妮背上。

「抓緊我！」芭妮說。

「是……嘩！嘩！」

黑白鍵不斷起起伏伏，**如同坐在過山**

車上，受驚的天欣沿途大叫。

芭妮望向兩邊牆壁，發現了一件事：「通道越來越闊。」

不是身體變小了，而是通道變闊了，可逃跑的地方也增加了。

跑着跑着，通道上面出現很多鐘乳石，其中一個特大鐘乳石，有擺錘左右搖擺，「滴、滴、滴」，聲音保持着穩定的節奏，**十足一個節拍器**。

天欣想起音樂老師打拍子，只要老師一停下來，同學們便停止唱歌。她靈機一動：「黑白鍵可能是跟着鐘乳石的節拍彈起的。」

「我知道怎麼做了。」芝絲露後腿用力一蹬，**跳高拔掉鐘乳石的擺錘**。

一眨眼之間，地面回復平坦，魔法兔和天欣都變回人形。

天欣回望剛才走過的通道，**好像想到**

一點什麼，一時間卻無法整理清晰。

「通道比剛才更闊了。」

芭妮伸出兩隻手臂測量，原本只能一個人側身行走，現在寬闊得足夠兩個人並排而行。

「滴、滴、滴……」頭頂的鐘乳石不停滴水。

大家小心翼翼地向前走，通道越來越闊，鐘乳石不再滴水，沿路再也沒有機關。

走着走着，**前方有光閃耀**。

「出口呀！」芝絲露率先向着光源奔跑，其他同伴緊隨其後。

當走到通道盡頭時，大家都驚呆了，眼前震撼的景象叫他們張開口，卻說不出一句話。

第⑨章
彩虹城堡

　　地底深處藏着一座宏偉的**古城遺跡**，城樓與城樓之間，有拱橋連接。建築物用木材、石頭和泥土建造，外觀保持完整，牆上還有卷卷藤生長。

　　這裏沒有動物居住，**彷彿被時間遺忘似的**，靜靜地埋在地底數千年。

　　「不動大師在鏡中出現時，**背後的石牆就是這裏的牆**，他可能在附近。」天欣說。

　　「我感覺到不動大師的氣息了。」芭妮說。

　　「還有另一種氣息。」白公子說。

　　就在這時，**高處傳來深沉的吼叫聲**。

　　「在那裏！」芝絲露指着城堡主樓的天台說。

大家迅速奔向城堡主樓，**看到不動大師和大怪獸對峙**，大怪獸長得跟小怪獸一模一樣。

「好大隻怪獸！」天欣呆在當場。

「你找個安全地方躲起來，我們去救不動大師。」白公子說。

「好。」天欣躲在附近的矮牆後面，**探出半張臉觀看戰況**。

大怪獸挺直身子，再次咆哮，吼聲震天，**整座古城都感到震動**。大怪獸揮舞長鼻子，擊中不動大師，不動大師搖搖晃晃，退到天台邊緣，快要摔下來的時候⋯⋯

「來緊抱着大怪獸吧，**卷卷藤**！」

「雲之上，日之心，請讓我使喚**火燒風**！」

「噗！」芝絲露變成一塊滑板，**高速滑過去**。

卷卷藤捆綁着大怪獸，小雲化身乾燥的熱風猛吹，滑板接住不動大師，從天台一躍而下。

「嗚哇哇！」大怪獸熱到頭暈，昏倒過去。

「成功了！」天欣跳出來歡呼。

事出突然，魔法兔們沒時間商量對策，純粹憑着**彼此的默契**，運用各自擅長的魔法，勇救不動大師。

「不動大師！」

魔法兔們擁抱着不動大師，害他**差點透不過氣**。

每次在任務期間遇到危險，在最後關頭總要不動大師出手。誰也沒想到有一天，**同伴會合力拯救自己**。

不動大師很高興他們有所成長，沒說出當時其實不是很危險。

突然，大怪獸一個轉身，撞到天台的圍

牆，幾塊磚頭掉了下來。

「大怪獸要反擊嗎？」天欣問。

「不！他已經睡着了。」

不動大師舉起左手，掌心向上，大怪獸緩緩地升起，再慢慢地降落。

「做個美夢吧！」不動大師向大怪獸吹一口氣，大怪獸縮小了，身上的卷卷藤鬆脱了，回到原本的位置。

小怪獸安穩地躺在不動大師的掌心上，不動大師打開城堡主樓的門，把他放在大廳中央的搖籃上。

「傳説彩虹城堡是月落之國最古老的城堡，只有被召喚的魔法兔才可以進來。他叫斯比亞，是彩虹城堡的沉睡守護獸，睡在這裏超過二千年。昨天，彩虹鎮發生罕有的深層地震，把斯比亞吵醒了。

他繼續睡覺，可是呼吸不順暢，打鼾非常
大聲。」

公園聽到的
可怕叫聲
就是打鼾聲？

是的。

「斯比亞為什麼綁架你，還要攻擊你？」天欣問。

「你們以為我被綁架嗎？**想像力真豐富！**」不動大師吃吃地笑：「我們掉下來時，中途出現兩條管道，我掉到左邊，你們掉到右邊，就這樣分開了。」

「你是不是直接來到彩虹城堡？」芭妮問。

「這裏的顏色很單調，**我還以為會色彩繽紛**。」芝絲露顯出失望的神色。

「我來到這裏後，打鼾聲比地面聽到的吵千百倍，很快就找到斯比亞。我想搖醒他，搖了幾下，搖出一隻幻影小怪獸，他一飛出來，穿過牆壁便不見了。」

大家的眼睛瞇成一條線，他們之所以一次又一次被困，是不動大師間接造成的。

不動大師走到一面落地鏡前，說：「我一直在鏡中看着你們。」

「不會吧？那麼……」芭妮漲紅了臉，尷尬得想要鑽入地洞裏。

「當幻影小怪獸回來後，斯比亞終於醒過來。他被我吵醒發脾氣，脾氣越暴躁，身體變得越大。我們走上天台不久，你們就來到了。」

地底怪獸事件圓滿解決，大家繃緊的心情都放鬆了。

看到不動大師拿着《伊索寓言》，天欣興奮地說：「這本書很厲害啊！」她回想一下，改口說：「你的魔法真厲害！我不會魔法，他們也不會伊索魔法，**一定是你沿途保護我們**，城市老鼠說過你不會丟下人類的孩子。」

「誰知道呢？」不動大師聳聳肩，露出**意義不明的微笑**。

「如果我們走入寬闊的通道，不知道會

到哪裏呢？」天欣有點好奇。

「你已經選了這一邊，另一邊的結果與你無關。」

「如果我的直覺準確，就可以做出最好的選擇。」

「什麼是最好的選擇？」不動大師反問。

「有好結果，就不會後悔。」

「當你做出選擇後，還要面對自己的選擇，結果好不好，會不會後悔，要看你之後怎樣做。」

「如果選錯了，就會很難過，也有可能無法補救。」

「如果這樣，如果那樣，永遠只會停留於想像。你一方面不喜歡別人幫你做決定，另一方面渴望跟隨別人的決定，真是狡猾啊！」

「我狡猾？為什麼？」

「你不是無法做決定，**而是害怕做選擇**。一旦選錯了，便要自己承擔後果。由別人選擇的話，責任是別人的，與自己無關。說到底，**你只是逃避，不想承擔責任**。」

「我……我……」天欣很想反駁，卻找不到合適的話語。

「成長就是這麼一回事，**一面選擇，一面長大**。每一天，由起不起牀開始，便要做選擇，只是你不察覺。現在，你聽不聽我說話，也是一種選擇，你不是被迫聽到，而是選擇聆聽。當然，有些事情，**不一定二選一**，細心想想，可能會想出第三個選項。」

「我從沒這樣想過。」

「**選擇是自己跟自己的交戰**，苦惱着，掙扎着，逐漸長大成自己期待的模樣吧！」

不動大師的話直撞入天欣的心坎裏。

選擇令人苦惱，**卻是幸福的煩惱**。每做一次決定，就會了解自己多一些，成長多一點。

日後還會每天為選擇而煩惱吧，天欣在心裏許下諾言——要對自己誠實，勇敢面對內心的想法。

大家走出城堡主樓，處身於宏偉的古城遺跡，不期然感到自身的渺小。

芝絲露收集各種沙石和植物，用來製造魔法藥丸。當她走到一面空白的牆前，**牆上竟然出現水波紋** 。

「為什麼會這樣？」

大家趕快和芝絲露會合，當水波紋消失後，出現一堆陌生的文字。

「看起來很深奧，是遠古的文字嗎？」

芭妮問。

「難道是斯比亞的魔法？但他已經睡着了。」白公子說。

「究竟牆上的文字寫什麼？」天欣問出重點。

不動大師正想讀出牆上的文字，芝絲露凝視着牆壁說：「經過漫長的旅程，小島居民在遠方重建家園。和平與動盪交替，到了那一天，向日葵會背向太陽，天空會降下反常的雨。唯有手握希望之花的鎖匙，打開信心之門，往前走，祝福乘風而來。」

「芝士兔，你為什麼哭了？」天欣問。

芝絲露摸摸臉頰，淚水大顆大顆流下來：「怎會這樣？」她的情緒激動，一時間止不住洶湧的淚水。

芭妮給芝絲露一個溫柔的擁抱，柔聲

說：「這是說向日鎮，你的故鄉出事了吧。」

芝絲露的心情稍為平伏後，擦乾淚水說：「現在還是好好的，遲些再跟你們說。但我為什麼懂得遠古的文字？我也是第一次看到。」

牆上的文字意味深長，不動大師同樣感到震驚，只是他沒有露出異樣的神情。

「魔法兔是帶着使命出生的兔子。為什麼會掉到地底深處？為什麼會來到彩虹城堡？因為在此時此刻，就是最適當的時候。」不動大師問芝絲露：「還有花粉嗎？」

「嗯。」芝絲露交出放花粉的瓶子。

不動大師打開瓶蓋，吹了一口氣，花粉飄散開來，在空中飛舞。當花粉飄到拱橋上，開出一朵朵彩色的花，花瓣邊緣散發出朦朧的光環。

「發光的彩虹，好漂亮！」天欣的臉亮

了起來。

　　當所有拱橋都開花後，花粉最後飄到牆上，變出一道木門。

　　「這是通往地面的出口。」不動大師說：「芝士兔在『井』裏找到的花叫**月虹**，花語是『**希望**』。」

　　「啊，月虹就是希望之花！」芝絲露喜出望外。

　　「月虹的花瓣邊緣有光環，只會在陰暗的環境生長，又叫做『**黑夜彩虹**』。」

　　芝絲露、白公子和芭妮反覆思考牆上文字，過往種種疑問，彷彿都得到解答。他們望着不動大師，在心裏做出一個重要的決定。

　　「我們回去吧！」白公子說。

　　「天欣，我帶你去觀光，彩虹鎮很漂亮喔。」芭妮挽着天欣的手臂說。

「好啊！我們一起去逛街，還要去魔兔店和貓王店。」天欣轉念一想：「斯比亞怎麼辦？」

「他至少沉睡一千年，再被吵醒或打鼾，會有其他魔法兔幫他。」不動大師説。

沉睡……打鼾……吵醒……節拍器……節奏……規律……滴、滴、滴……

天欣陷入短暫的沉思後，恍然大悟：「我知道學校鬼魂的真面目了，我要回去。」

「你剛剛答應和我一起去逛街。」芭妮的眼神很失望。

現在有兩個選項，天欣閉起眼睛，聆聽內心的聲音👂，得出一個答案。

「不如我們一起回去，解決鬼魂問題後，我們去看電影、玩遊戲機、吃很多好吃的東西。」

曾經在風雪中共患難，而且擁有共同秘密，芭妮和天欣不知不覺開出友誼之花。

雖然芭妮嚮往人類世界，但是**從沒踏足過夢想中的土地**。她很想看看天欣生活的地方，認識她的家人和朋友。

既然人類的孩子可以來到月落之國，**魔法兔應該也可以去人類世界**，芭妮露出明亮的笑容說：「我跟你回去。」

「但是……」芝絲露想說什麼，卻被白公子拉住，輕輕搖頭阻止她說下去。

「我們怎樣去學校？」天欣問。

「到處看似沒有門，門其實無處不在。只要你伸出手，就會有出口。」不動大師說。

天欣和芭妮一起按着牆壁說：「請開門！」**牆上旋即變出一道雙扇門。**

兩個女孩手牽手，相視而笑，一起推開門，同時踏出腳步。在天欣穿過門的一刻，有一股力量拉扯，**緊握的手鬆開**，門隨即關上。

「為什麼我不能進去？」芭妮跪在地上，流下難過的淚水，哽咽着說：「我只是想和朋友在一起 …… 只是想去人類世界看看 …… 只是 …… 嗚嗚 …… 」

悲傷的哭聲在古城迴盪，穿透在場同伴的心，**眼眶中泛起盈盈淚光**。

人類無法帶走月落之國的東西，也包括魔法兔和其他動物。

芝絲露以前見過想穿過門的魔法兔，知道不會成功。白公子卻認為**讓芭妮經歷失敗，她才會接受現實**。

無論人類或魔法兔，**都有無能為力的時候**，但願淚水可以清洗傷口，哭聲可以減輕痛楚。有一天，當這一切化做回憶，胸口的隱隱作痛，會成為前進的力量。

第⑩章
鬼魂的真面目

「芭妮！芭妮！你在哪裏？」

陽光灑遍草地，天欣回到學校禮堂地下室門前，尋遍每個角落都找不到芭妮。

「咕咕！咕咕！」

一隻白鴿坐在樹枝上，看着跑來跑去的天欣。

「我不會再被你嚇倒。」天欣低頭望着自己的手掌，難過地說：「我們什麼時候放開手？我還會再見到芭妮嗎？」

天欣眼眶通紅，視線模糊。她仰起臉搖頭，搖走快要掉下來的淚水。

現在仍然是離開的那一天，手錶的時間由天欣回來後重新運轉。

天欣想進入地下室，確認自己的推理是

否正確，可是**始終害怕幽暗的空間**。

「一個人探險太危險了。」

第二天，美珊和佩芝**仍然不瞅不睬**，每當遇到對方不是別過臉，就是掉頭走。天欣趁課室沒有人時，偷偷把兩張字條放在她們的抽屜裏。

放學後，美珊和佩芝**不約而同**來到地下室外面。

「你怎麼在這裏？」兩人同聲問。

「天欣約了我。」兩人同聲答。

「**你們本來就很合拍嘛**。」天欣從樹後跳出來，笑嘻嘻地說。

美珊和佩芝知道自己上當了，不悅地撅起嘴。

「你們的看法都有道理，我不會從你們之間二選一。」天欣握着兩人的手，把手疊在一起說：「因為你們**都是我最好的朋友**。」

美珊和佩芝臉紅了，顯得不好意思。假如真心討厭對方，她們肯定會立即縮手，沒有把手縮開，代表並不討厭對方吧。

「你們和好啦，好嗎？」天欣搖了搖兩人的手。

美珊和佩芝互相對看，再望向天欣，「嗯」地點一下頭。

「太好了！我們現在去探險。」

「**探險？**」兩人很驚訝。

天欣從樹後拉出一個巨型環保袋，袋裏有平底鍋、湯勺、網球拍、捕蟲網、電筒、頭盔、《伊索寓言》……

「我們去地下室**調查哭聲的原因**，我們不會魔法，要有裝備保護自己。」

「地下室有鬼魂，十字架和蒜頭呢？」美珊問。

「都說世上沒有鬼魂，所謂靈異現象都

可以用科學解釋。」佩芝反駁。

「你們又來了。」天欣嘟起嘴投訴。

兩個女孩立刻閉嘴，**免得再次吵架**。

「《伊索寓言》有什麼用？」美珊問。

「護身符。」天欣認真地說。

「好大本護身符！」佩芝說。

美珊和佩芝難以理解天欣的想法，分別拿走網球拍和捕蟲網，天欣則戴頭盔、拿電筒和《伊索寓言》。

昨天，天欣的確被白鴿嚇倒，才會把門推開。不過，她清楚記得在推開門的時候，脫口而出：「**魔法兔，請幫幫我！**」

現在，三個女孩握着地下室門把，天欣在心裏說：「芭妮，我們出發吧！」她們倒數三聲後，一起把門打開。

一座升降台首先映入眼中，牆邊擺放了一個個疊起的紙箱，全是話劇團的道具。

電燈壞了，天欣亮起電筒，掃視陰暗的角落，看不到人影或鬼魂。室內十分寧靜，大家都屏住呼吸，不敢作聲。

天欣看看手錶，時間是下午三時五十九分。假如跟上次一樣，再過一分鐘，便會聽到哭聲。

三個女孩背靠背站在房間中央，**緊張得全身肌肉僵硬**。

四時正。

「嗚嗚嗚……哇哇……嗚哇……嗚嗚嗚……哇哇……嗚哇……」

地下室果然響起哀怨淒厲的女子哭聲。

「來了！」美珊說。

「在哪裏？」佩芝問。

「左邊。」天欣說。

現場只有哭聲，沒有鬼魂，也沒有陰

風。她們仔細地聆聽，發現哭聲有節奏、有規律，維持十五秒後，便會暫停兩秒，然後重新哭十五秒，再停頓兩秒。

三個女孩戰戰兢兢地走向左邊，哭聲越來越響亮。

「在紙箱後面。」美珊握緊網球拍。

佩芝打手勢數三下，大家合力推開紙箱，結果……

「怎麼可能？」美珊看傻了眼。

正在「哭泣」的是一部手提電話，鬧鐘顯示四時正。

天欣關掉鬧鐘，螢幕牆紙是六年級梓浩的照片。

「鬼魂原來是梓浩。」佩芝哭笑不得。

梓浩是布景道具組的成員，熱愛鬼怪話題，經常出入地下室。他不小心掉了手提電話，碰巧患上感冒一直請假。

手提電話的電量只剩下 10%，不管有沒有人找出真相，隨着電源耗盡，「地下室鬧鬼事件」也會在今天告一段落。

「哪有人用這麼可怕的鬧鐘鈴聲？還要開到最大聲！」美珊生氣極了。

「梓浩可能還在找手提電話，不知道掉在這裏。他每天下午四點到底要做什麼？」佩芝問。

「我沒興趣知道他的行程。」美珊仍在生氣。

「沒所謂啦！」天欣搭着兩人的肩膀説：「最重要是我們可以繼續演話劇。」

三個女孩把手提電話交給程老師，並且交代鬼魂的真面目。

話劇綵排在第二天重新展開。

綵排前，天欣、美珊和佩芝先到小賣部

吃下午茶，今天的小食有咖哩魚蛋、魚肉燒賣、朱古力鬆餅和提子鬆餅。

「我要魚肉燒賣。」美珊説。

「我要朱古力鬆餅。」佩芝説。

天欣向來等到兩人取食物後，考慮再考慮，才能想到吃什麼。

「我要提子鬆餅。」天欣爽快地説。

「好快！」美珊十分意外。

「你發燒嗎？」佩芝把手放在天欣的額頭上，體温正常。

「我用了『排除法』，現在不想吃鹹的東西，剩下兩款鬆餅，我喜歡吃水果，最後決定吃提子鬆餅。」

「你以前不會這樣分析。」美珊説。

「我最近學會聆聽和相信內心的聲音。」

「排除法很好用，可以縮小範圍，下次

做選擇題，我要試試看。」佩芝説。

「咕咕！」

草地上的白鴿拍動翅膀飛上天空，飛向形狀像兔子的白雲。

天欣仰望兔子雲，思念着另一個世界的好朋友。

芭妮，傳説在成年之前，每人只有一次機會去月落之國。

如果有一天，你遇見美珊和佩芝，**希望你可以和她們做朋友**。她們會把我的近況告訴你，也會把你的話轉告給我。

到時，我們都會哭吧，但相信那一定是高興的淚水。

第⑪章
暫別還是永別？

痛哭一場後，芭妮冷靜下來，反覆思考，領略到一個道理。

從出生開始，屬於個人的使命便如影相隨。天空不會永遠放晴，遭遇也不會永遠如你所願。

或許，很多事情的意義，現在還是無法理解。在心裏播下希望的種子後，纏繞心頭的難受卻會隨風飄逝。

傍晚時分，芭妮把一包包兔子夾心棉花糖放在陳列架上，橡子精靈瞪大眼睛，很想吃，卻不敢偷吃。

「少糖，半糖，微糖，你們出來幫幫忙。」不動大師說。

橡子精靈跟着不動大師到停車場，不

動大師問：「你們可以幫我聯絡鬼火山的同伴嗎？」

橡子精靈點點頭，他們數目眾多，不會說話，**卻會用心靈感應溝通**。

「請他們叫小飛龍米克和小卡今晚下山。」

橡子精靈的身體閃了閃，瞬間完成任務。他們凝望着遠處的鬼火山，一副若有所思的樣子。

「**所有旅程都有結束的一天**。」不動大師雙手插袋，沿着大街散步。

橡子精靈明白話裏的意思，難道他們是時候返回鬼火山？

☽　★　☽　★　☽　★　☽　★　☽

貓大王剛踏出貓王店，便見到不動大師站在門前，**仰望着屋頂的風向魚**。

「大懶兔，你又打什麼壞主意？」貓大王粗聲問。

「風向魚在屋頂這麼多年，想不想去其他地方呢？」

「風向魚捨不得離開我，當然哪裏也不去。」

「真是自大呢！」

不動大師沒叫貓大王做「臭臭貓」，也沒有針鋒相對，貓大王推測他一定有心事。

貓大王返回店裏，在雪櫃取出兩罐蔬菜汁，和不動大師走到樹下，坐在長椅的兩端。

月色皎潔明亮，「卡」的一聲，拉環拉起，彷彿同時打開了心門的鎖。

「你自小脾氣差、難相處，怎麼可能做店長？貓店員太可憐了。」不動大師平靜地說。

「你也是一樣，從小到大經常偷懶，能坐不站，能躺不坐。」

「我的兔生座右銘是……」

「不消耗無謂的體力。」

不動大師和貓大王搖頭失笑，笑聲裏包含着**只有他們才懂的感情**。

今天早上，貓大王比魔法兔更早到達停車場，看到米克飛過上空，在地面降落後，跟不動大師聊天。

貓大王想上前加入他們，發覺他們**神色凝重**，於是躲在樹後偷聽。他們談起米克爸爸失蹤的事，還提及打算離開彩虹鎮，尋找失蹤的親人。

當米克飛走後，不動大師開始洗車，貓大王估計他正在準備出發。

「你知不知道你很麻煩？如果你不在，我就是彩虹鎮便利店之王，其實現在也是。如果你不在，我就可以每個星期駕駛貓王車去風車島做生意。如果你不在，我就不用浪費

◇暫別還是永別？◇

時間跟你吵架，生活充實得多。」貓大王説。

　　「每次都是你大吵大鬧，我只是説道理。」不動大師心平氣和地説。

　　「如果你不在，我就可以想做什麼便做什麼，但**一定不會做壞事**。」

　　「聽不到難聽的《臭臭貓促銷歌》，耳根清靜。」

　　「如果……我是説如果……」

　　「你今晚真囉唆！」

　　貓大王背着不動大師，**偷偷擦眼淚**，舉起蔬菜汁咕嚕咕嚕地喝下去，連同淚水一併吞進肚子裏去。

　　蔬菜汁喝完了，他們把鋁罐擲向垃圾桶，兩個罐子「砰」的一聲相撞，雙雙掉在地上。

　　他們揚一揚下巴，叫對方把地上的鋁罐放回垃圾桶，可是雙方都不想走過去。

貓大王向後彈開，快速地說：「泡芙串燒波波糖。」

他們同時出拳，不動大師握緊拳頭，貓大王張開手掌。

「嘩哈哈！我贏了！」貓大王高興得原地轉圈。

「我只是一時失策。」不動大師撅起嘴，不情不願地走向垃圾桶。

從小就知道，在月落之國，只有兔子會魔法，**魔法兔的特殊身份使人親近，也令人疏遠**，叫不動大師又愛又恨。

魔法力量失控是魔法兔成長的必經階段，有的像芝絲露充滿好奇，有的像芭妮討厭魔法，有的像白公子渴望升級進步。

至於不動大師卻是害怕，**怕力量太大會傷害別人**。表面上，他和所有動物相處融洽，其實一直謹慎地保持距離。無法坦誠

相待的孤獨，只有他暗自體會。

直至遇到貓大王，他態度不坦率，經常做壞事被老師罰。不動大師看得出他只是想引人注意，內心單純得不得了。

兩個人在一起，自然地大笑、吵架、鬥嘴，相處得輕鬆舒服。這樣的朋友，世上可能找不到第二個。

其實，貓大王一直知道每次猜拳，不動大師都是故意輸給自己。在貓大王孤獨的童年，只有不動大師陪在身邊，這份情誼會收藏在名為珍惜的盒子裏。

「大懶兔……」貓大王鼻子一酸，用沙啞的聲音說：「你不要死。」貓大王說出最誠實的心聲。

「知道了。」不動大師說出最真誠的回應。

既然經常強調我們不是朋友，為什麼在離別前會心痛和不捨？

「你不要死。」不管暫別或永別，**在無法見面的日子，希望你在某個地方好好活下去。**

☽ ★ ☽ ★ ☽ ★ ☽ ★ ☽

夜已深了，魔兔店的員工都下班了。不動大師在櫃台放下一張字條，關上店門後，到停車場登上魔兔車。

正想發動引擎，白公子坐上副駕駛座，說：「萬一開車時睡着，很容易發生交通意外，**你需要一個可靠的司機** 🛞。」

接着，芭妮跳上後座，說：「魔兔店的財政向來由我管理，旅費不足會很困擾，**你需要一個理財顧問** 💰。」

「好重！」芝絲露把巨型背包放在後座：「餓着肚子，頭腦會變遲鈍，**你需要一個專業的廚師** 👨‍🍳。」

橡子精靈向芝絲露通風報信，魔法兔們

回想不動大師整天的舉動，不難猜到他想要離開。意想不到的是，他竟會像逃避債主似的**連夜潛逃**。

橡子精靈很喜歡芝絲露，考慮了十秒鐘，決定跟着她去冒險。

「我不是去遊山玩水，**可能會遇到危險**，未必能夠保護你們。」不動大師認真地說。

「店長，你是不是誤會了什麼？」白公子反問。

「不是你保護我們，而是我們保護你。」芭妮接着說。

「這是我們選擇的路，未來會怎樣呢？**走出去才會知道吧！**」芝絲露認定不動大師是彩虹鎮最強的魔法兔，決心追隨着他。

「出發前，有一件事要說清楚。」芭妮說：「我們知道你除了伊索魔法，還有更強

大的魔法力量。你不必為了隱瞞這件事而感到內疚，也不必現在向我們交代。等到你願意，才說出來吧。」

「最好不要等太久。」芝絲露強調。

經過地底幻影迷城的洗禮，走出心之迷宮後，芝絲露、白公子和芭妮比以往更加可靠。

不動大師本來還有一點猶疑，看到古城牆上的訊息後，便下定決心出發。他打算獨自離開，讓魔兔店成員繼續接受市民的委託，他們的成長卻遠超過自己的想像。

「真是拿你們沒辦法！」不動大師眼泛淚光，幸好有瀏海遮住，沒有人看得到。

白公子和不動大師交換位置，他撥一下頭髮，開出魔兔車。當車子駛到高速公路

時，米克和小卡在空中跟魔兔車會合。

天亮了，市民陸續發現魔兔店門上貼着「暫停營業」的告示，大家都深感疑惑，把突如其來的消息帶到貓大王便利店。

貓店員熱烈地談論着魔兔店，貓大王卻出奇地安靜，自己一個在倉庫裏點算貨品，不讓自己空閒下來，胡思亂想。

新一章冒險旅程由此展開，魔法兔會有什麼驚險遭遇？他們可以找到小飛龍的爸爸嗎？向日鎮的未來會是怎樣呢？

伊索寓言

一捆樹枝

農夫有三個兒子，兒子們經常吵架，他怎樣勸阻都沒有用。農夫為了解決這個問題，於是叫兒子們到屋裏，把一捆樹枝放在他們面前。

「你們誰能折斷這捆樹枝？」農夫問。

三個兒子輪流拿起整捆樹枝，使出全身力氣，都沒辦法把樹枝折斷。

然後，農夫解開繩子，給他們每人一根樹枝，說：「你們再試試看。」

「啪！」三個兒子輕易地折斷手上的樹枝。

農夫語重心長地說：「孩子們！你們好像這些樹枝一樣，和睦團結就可以抵擋敵人，分散開來就容易被敵人擊倒。」

三個兒子明白父親的用意，從此團結起來，不再爭吵。

鄉下老鼠和城市老鼠

鄉下老鼠邀請住在城市的老鼠到家裏玩。為了招呼好朋友，鄉下老鼠特地打掃洞穴，還拿出在農田收集的大麥和小麥。

城市老鼠很驚訝：「你的生活質素太差了！你怎能忍受住在破洞穴，每餐粗茶淡飯？你一定要來我家看看，我可是天天吃豐富美味的食物，生活多采多姿，才不像這裏苦悶無聊。」

鄉下老鼠很好奇，於是跟着城市老鼠回家。

夜幕降下，兩隻老鼠來到城市裏，走進一所漂亮的房子。

他們偷偷摸摸地走入廚房，再爬上桌子，桌上擺滿屋主一家吃剩的食物。

「好朋友，隨便吃吧！」城市老鼠神氣地說。

「我不客氣啦！」

芝士、香腸、薄餅……食物美味，種類豐富，鄉下老鼠大飽口福，覺得住在這裏太幸福了。

突然，廚房門打開，屋主走進來。城市老鼠嚇了一跳：「快逃！」他立刻領着鄉下老鼠躲進牆角的洞裏。

過了一會，屋主離開廚房，城市老鼠說：「我們繼續吃吧！」他們才咬了一口芝士，「喵！」一隻貓走進來，兩隻老鼠嚇得慌忙逃到洞裏躲起來。

鄉下老鼠歎了一口氣，說：「雖然房子很漂亮，食物很美味，但是我實在受不了提心吊膽的生活。我寧願留在農田，住簡陋的洞穴，吃粗糙的麥粒，平靜安穩地過日子。」

於是，鄉下老鼠向好朋友道別，離開城市，回到農田生活。

魔兔傳説 SOS ③
地底幻影迷城

作　　者：利倚恩
繪　　者：岑卓華
出版總監：劉志恒
主　　編：譚麗施
美術主編：陳皚瑩
美術設計：梁穎嘉
特約編輯：莊櫻妮
出　　版：明報教育出版有限公司
　　　　　香港柴灣嘉業街 18 號明報工業中心 A 座 15 樓
　　　　　電話：(852) 2515 5600　　傳真：(852) 2595 1115
　　　　　電郵：cs@mpep.com.hk
　　　　　網址：http://www.mpep.com.hk
發　　行：香港聯合書刊物流有限公司
　　　　　香港新界大埔汀麗路 36 號中華商務印刷大廈 3 樓
印　　刷：創藝印刷有限公司
　　　　　香港柴灣利眾街 42 號長匯工業大廈 9 樓
初版一刷：2022 年 7 月
定　　價：港幣 68 元 | 新台幣 305 元
國際書號：ISBN 978-988-8557-32-5

補購方式

網上商店
- 可選擇支票付款、銀行轉帳、PayPal 或支付寶付款
- 可選擇郵遞或順豐速遞收件

電話購買
- 先以電話訂購，再以銀行轉帳或支票付款
- 訂購電話：2515 5600
- 可選擇郵遞或順豐速遞收件

mpepmall.com

讀者回饋

感謝你對明報教育出版的支持，為了讓我們能更貼近讀者的需求，
誠邀你將寶貴的意見和看法與我們分享，請到右面的網頁填寫讀
者回饋卡。完成後將有機會獲贈精美禮物。數量有限，送完即止。

https://www.mpep.com.hk/leeyiyan